T 15106

ENFANTS

W9-CLG-261

5 heures de l'après-midi…
La clef qu'on t'a confiée avec tant d'amour
est celle qui t'ouvre bien des portes…
Nous rentrons bientôt !

Et que Fontbaré soit remercié.

Édition française © Éditions Nathan (Paris-France), 1992
Production & © 1992 Rainbow Grafics Intl-Baronian Books SC, Bruxelles, Belgique
N° d'éditeur : 10012356 - ISBN : 2-09-210 756-9
Imprimé dans la CEE

Cécile Bertrand

Bravo, Jérémy !

NATHAN

Aujourd'hui, Jérémy rentre seul de l'école.
Papa et maman reviendront tard ;
ils lui ont donné la clef de la maison.
Jérémy est tout content :
il va retrouver Bob, son chien,
et le beau bateau qu'il a eu hier
pour son anniversaire.

Vite, à la cuisine !
Maman accroche toujours des messages sur le frigo.
Aujourd'hui, elle a fait un drôle de dessin !
Bob, qui a tout compris, a déjà sorti sa laisse…

– Bientôt les vacances, Bob !
Nous descendons acheter un maillot de bain,
des sandales et des lunettes de soleil !
Le porte-monnaie dans la poche
et le chien dans les bras,
Jérémy se précipite
vers le métro.

– Bob ! Veux-tu laisser cette poubelle !
Mais le petit coquin n'a pas très envie
d'entrer dans le magasin...

Quel maillot choisir ?
Soudain, un courant d'air
balaie les rideaux de la cabine.
– Bob ! Fais quelque chose !
J'ai horreur qu'on me regarde !
Vif comme l'éclair, Bob se précipite
sur les rideaux.
– Allez, je prends ce maillot jaune
à gros pois. Il ira très bien
avec mes sandales rouges !

– Ah ! Voici les lunettes !
Les plus belles,
ce sont les rouges
avec les fleurs.
Et elles iront aussi
à ma maman !

Pour fêter tout ça, Bob et Jérémy
s'offrent d'énormes milk-shakes glacés.
Ils sont si excités qu'ils n'ont même
pas remarqué qu'il pleuvait !

Et tant pis pour la pluie !
Avec des lunettes sur le bout du nez,
le soleil brille par tous les temps !
Les vacances ont déjà commencé.
Plus que deux nuits
et ils seront au bord de la mer…

Déjà le bateau les attend.
– Droit devant, moussaillon,
nous partons en voyage !

– Bon vent, fier capitaine !
dit la statue de la Liberté.
Bon voyage au bout du monde !

Et vogue le navire
sur le grand océan
jusqu'à la lune mordorée...

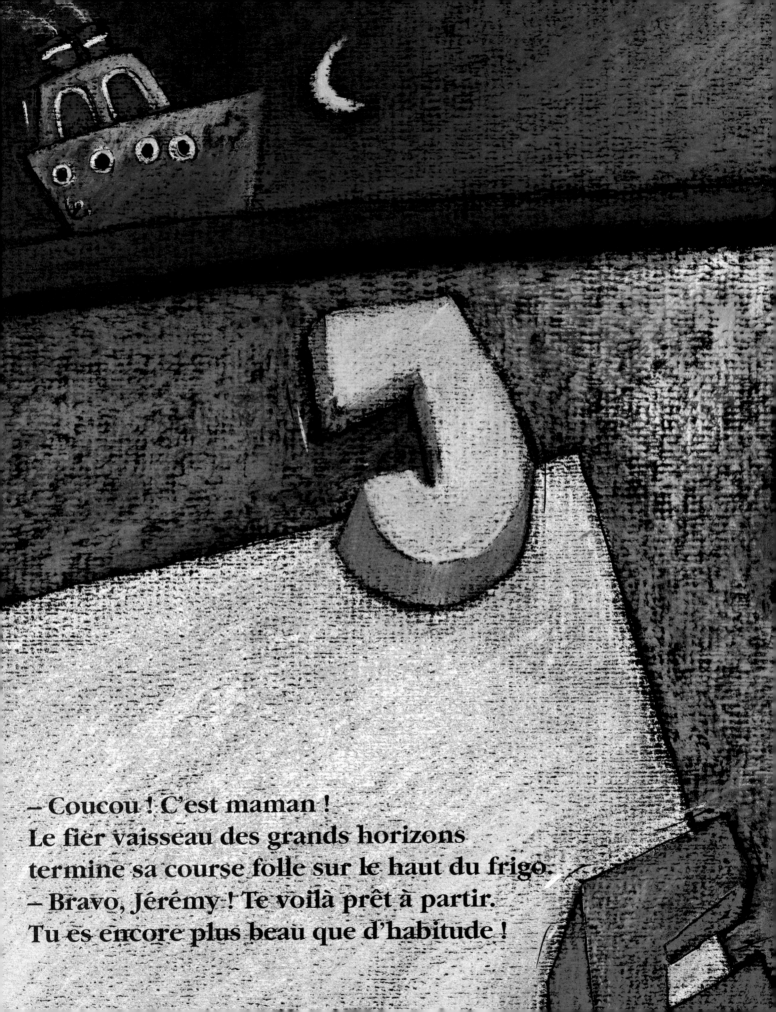

– Coucou ! C'est maman !
Le fier vaisseau des grands horizons
termine sa course folle sur le haut du frigo.
– Bravo, Jérémy ! Te voilà prêt à partir.
Tu es encore plus beau que d'habitude !